KB081969

저녁 강을 서성이다

人
人 사실편시선 027

신탁균 시집

저녁 강을 서성이다

2018년 9월 10일 제1판 제1쇄 발행

지은이   신탁균
펴낸이   강봉구

펴낸곳   작은숲출판사
등록번호   제406-2013-000081호
주소   10880 경기도 파주시 신촌로 21-30(신촌동)
전화   070-4067-8560
팩스   0505-499-8560
홈페이지   http://cafe.daum.net/littlef2010
이메일   littlef2010@daum.net

ⓒ 신탁균

ISBN 979-11-6035-051-7 03810
값은 뒤표지에 있습니다.

※이 책은 저작권법에 따라 보호받는 저작물이므로 무단 전재와 무단 복제를 금합니다.
※이 책의 전부 또는 일부를 이용하려면 반드시 저작권자와 '작은숲출판사'의 동의를 받아야
  합니다.

저녁 강을 서성이다

신탁균 시집

작은숲

침묵 속 나를 깨우고

시여

떠나는 사람들

사라지는 것들

꿈꾸는 자의 웅어리마저도

살피면서 흘러라

2018년 가을
충남 천안에서 신탁균

| 차례 |

제1부

잔상

혼들리는 갈대들이 마른 붓끝을 허공에 대고 써내려간
가을 서체들

가을의 전언을 물고 공중을 나는 새들은 바람의 주소
를 묻지 않는다

새는 바람의 거처에 무덤을 파고 죽음의 흔적조차 비밀
에 부치는데

북서풍이 불어오면 새들의 눈물을 삼킨 나뭇잎이 세상
에 없는 계절을 찾아 길을 묻는다

동풍 불면 나비 날개에 새겨진 꽃밭의 지도를 보고 너
에게로 간다

꽃으로 계절을 채우고 꽃으로 계절을 지우는 계절과 계

절 사이에

꽃은 바람을 찍어 울음을 심는다

저녁 강을 서성이다

한 세계에 가둘 수 없는 노정

일몰이 마지막 떨리는 입술을 마는 해거름에

저녁이 나를 이끌고 강으로 간다

가을을 벗은 나무는 제 그늘 거둬 어스름 속으로 가는데

계절의 문을 열고 노을 쪽으로 몸을 굽히는 갈대의

떠나가는 것에 대한 예의

저녁 강물이란

얇게 펼친 두루마리 위에 흘림체로 써내려간 낙일의 후
일담 같아서

낮과 밤의 경계에 피는 노을꽃이 시간의 먼지를 씻고
흐른다

가라앉는 무거움은 흐르지 못하고

계절을 벗고 나무의 생을 기록한 가랑잎이 흐른다

새들이 바람을 접어 밤을 청하는

강변에서

세월을 잠근 자물통을 열고 오래된 연서를 꺼내 태우던
어느 날의 저녁이

시간의 재로 날리고 있다

시간이 이렇게 가벼울 수도 있다니

시간이 뭉친 무게를 견디지 못해

가장 높은 곳에서 가장 낮은 곳으로 이주가 시작되는
물방울

내가 저녁 강물을 서성이고 저녁 바람이 나를 서성이
는 동안

서로가 서로를 순례하는 동안

바람의 울음

상처란 누군가를 담았던 흔적

가을 햇살에 긁힌 나뭇잎을 물고 북쪽으로부터 새의 영
혼을 운구하는 바람의 울대 끝에 귀를 대보면

울음 같기도 하고
노래 같기도 하고

생의 협곡을 넘는 소리에 마음을 베인 그날

낡은 사원 돌계단을 좁은 보폭으로 걸어 올라가는 산
그림자처럼
동굴에서 가뭇없이 스러지는 공명처럼

재색 프렌치 코트를 입고
바람의 혀에 지그시 입을 맞췄던 것인데

대숲을 후려치던 팽팽한 문장들이 둥글게 휘어지고
파동과 파동의 행간을 넘나드는
시간의 남쪽 저편에

공허를 연줄에 묶어 광대무변 창공으로 날리고도 싶었다

계절을 떠도는 구름에 검은 멍이 번지면

천지간 허공을 필사한 바람은 목마른 시간을 건너와 마
음을 적셔 놓는데

오늘도 서사적으로 바람이 분다

당신의 이름으로 저무는 저녁

저녁은 노을을 끌고 어디로 가는가

실비 날리는 바람의 언덕을 혼자 무심히 걷는다

너는 비를 맞지 말라며 개미집 위로 지붕을 만들어 주고

산길 입구 고목에게 굴곡 많은 삶의 내력을 물으니 그냥 가던 길 가라 하며 고개를 내젓는다

적막하게 흩뿌리는 찌르레기 노래 가사를 악보에 받아 적는데

검은 침묵을 깨고 쓰러지며 우는 풀들의 소리

지상과 천상 사이

바람의 전언을 물고 목덜미 젖은 새가 비상하고 있다

흙에 묻히지 못한 생의 사연들이

다시 돌아오지 않을 이름으로 목 놓아 울음 한 번 터트리고 싶었는지

눈물의 계단을 밟고 올라가면 심연의 응어리진 슬픔에 가닿을 수도 있을는지

나와 봉분 없는 무덤 사이

소리 없이 서식하는 문장처럼 비가 내리고 또 내린다
거리가 있는 듯 없는 듯
경계가 있는 듯 없는 듯
당신은 저녁을 끌고 어디로 가는가

늦가을 밤의 전언을 들었다

가을 안쪽을 걸어 저녁 바깥을 본다

높은 산이 어두워진 치맛자락을 밑단부터 걷어올리고

노을이 기어들어 불그레한 산빛이 새들처럼 떠오른다

노을과 가을 산의 경계가 허물어진 시간

마지막 생은 저토록 불길처럼 불빛으로 사라지는 것인지

울음으로 제 모습들을 지우고 가는지

숲은 뜨겁게 울고 나서야 제 풍경을 거두어 가는데

매일 써내려간 바람의 연서가 계절의 페이지를 메우고

눈물 두께로

눈물 깊이로

나무가 벗어 놓은 슬픔들

바람의 길을 지우고 있다

궁금증이 길 잃은 이 안부를 묻고

낡은 계절 속에서 찾은 오래된 문장을 만지며 되뇔 때

마다

달빛 외투를 껴입고 길을 나서는 늦가을 저녁이 먼 생각

의 뿌리에 가 닿는다

　누군가 아프게 말하고 있는데

　듣지 못한 말이 밤을 물들이고 별빛으로 글썽거리는데

　이슥토록 밤을 걸어 어둠의 전언을 들어봐야 하지 않
겠느냐

노을 주막

태양이 서쪽의 무덤으로 떨어지며 영혼을 피워 올릴 때

노을은

저만치
길이 끝난 곳에서 봉분처럼 솟고 있었다

떠나고 싶은 말들이 길을 꺾어 구멍으로 들어가면

세상 밖의 세상이 노을빛을 켜놓고 말들을 안내할까

혼자 가는 먼 당신

멀어지는 당신 뒤를 쫓다보면
나도 국화 송이로 안을 채우고 꽃처럼 걸어갈 수 있을까

당신의 시간 속으로 나의 그림자를 끌고 가는

내 안의 저녁

심금 속에 숨은 말들을 석양빛으로 구름에 새긴
바람은 불다 그치기도 하고 그치다 불기도 하고

시간을 재운 주병

탁주 몇 잔 걸치고 음유하며 척박한 세상을 건너도 좋
으리

명문은 아니어도 새들과 교신하며 허허한 생을 달래도
좋으리

한 잎 붉은 노을로 살아

허공

더 꿈 꿀 수 있는 날은 얼마인가

허공은 마음의 집

고독의 깊이로 적막에 가 닿는다

텅 빈 공간 안에 공간이 있고
공간을 삼키고 부풀어 오르는 구름이 바람의 속도로 운
행하는 시간이 있고

찰나의 순간,
하나의 점으로부터 출발했다는 우주의 어느 한 시공 속
에서
나는 유객처럼 서성거리는데

너무 먼 길을 돌아온 것은 아닌지

시간을 주름 접어 문짝을 열면

저 먼 곳

세상의 한 모퉁이

자유새를 공중에 뿌리는 광장에서 깃발들은 꽃으로 피었다가 지는데

바람의 보폭으로 날리는 꽃잎들을 부여잡기 위해 오므렸다 폈다 하는 작은 손들

꽃들의 외침을 탐색하는 저녁에

자서에 기록되지 않은 언어들이 턱을 괴고 바라보는

사람이 살지 않는 마을 쪽으로 너는 떠나고

혼자 견딘다는 것은

몸 바깥으로 떠돌던 말들이 이제는 몸 안쪽으로 고여 늑
골처럼 생을 받치고 서 있다는 것

허공을 걸어 마음에 당도하기까지

운해에 머물다

간절함은 늘 가려져 있어서
보이는 것과 보이지 않는 것의 거리를 극복하기 위해
서는
오래 머물고 오래 보아야 한다
시간과 시간 사이
공간과 공간 사이
구름 위 솟은 섬으로 마음이 떠나면
나를 감추고 싶은
빈 마음 속 공간에 무념의 시간이 흐르고
마음의 안과 밖을 적시며 사라지는 산수화 비경으로
길을 물고 끝을 보여주지 않는
묵을 품은 은유의 바람이 흩어지며 지나간다
고독한 침잠의 세계에 빠진 것처럼
정지한 듯 흐르는 이 순간도
또 하나의 잔상일 뿐
감각의 기억 바깥에

백 년 후에 사라지고 없을 나와
천 년 후에 사라지지 않을 네가
공존하는 질감으로 촉촉이 머물고 있는데

적소를 찾아서

세상에 없는 거처를 찾듯

일몰 깊숙이 새들이 난다

사라지는가 싶더니
노을을 찢고 되살아와 붉은 얼룩을 나무에 걸어 놓는다

새들이 그늘에 울음을 묻는 저녁

하룻밤 세 들어 살 방이 도심 공원에 숨어 있다는 것은
숨구멍은 어디에나 있다는 것인가

바람이 되지 못하고 바람처럼 흔들리다가 죽어서야 비
로소 일생에 딱 한 번 바람이 되어

어디론가 떠나가는 이들의 발자국을 지우는 나뭇잎들

무덤 위를 밟고 지나가는 바람으로부터 유랑의 유전자를 물려받은 사람들이 길 위에서 저물고

낯선 도시가 달빛을 삼키면 당신의 그늘을 생각하며 익숙해진 어둠을 들이마실 것이다

당신의 해진 가슴에도 어둠이 짙어갈 것을

하루치 기억은 버스 정류장 벤치에 잠시 머무르고

사람들은 또 가야 할 먼 길의 깊이를 가늠해 볼 것이다

가을 음각

지금 서 있는 이 길은 에움길이었다

삶의 저 먼 길목
추회도 부질없음으로 밀려와
이 계절의 잠언 한 구절 붙잡고 싶을 때

바람이 남긴 문장을 읽는다

가장 느린 선사 걸음으로 푸른 영혼을 확장하다
스스로를 영역의 경계 밖으로 방생하는

삶과 또 다른 삶 사이

시절을 음영하며
골짜기에서 깃을 달고 유랑하다가
가을의 깊이로 떨어지는 나뭇잎을 페이지로 엮어 이 계

절 내내 읽어 내려가면 숲의 역사를 알 수 있을까

　좌우 대칭의 힘으로 수평을 잡고 사선의 빛을 몸에 가
두던 날들
　세상을 풍미하던 한때의 생이 그토록 빛났으니
　죽음이란 원래 내 것이 아니었던 빛을 몸 밖에 내놓는 일

　등 굽은 긴 뼈로 서 있는
　나무 사이 바람길로 새가 날아 달빛이 그리는 수묵의
여백이 되는데
　마음이 되는데

　이 계절의 끝에서
　숲은 바람을 가두지 못한 채 뼈로 울고
　바람은 숲속에 자신의 가묘를 세우고 있다

서서히

어둠의 기억을 품은 숲의 눈물이 마르고 있다

흐르네

춘절의 색을 버리고 대지의 잎들이 문장으로 흐르네 문
장에는 무늬가 있어서 저녁의 무늬로 흐르네 저녁에는 느
낌이 있어서 여백의 느낌으로 흐르네 고독을 말뚝 박은 풍
차가 바람으로 흐르고 음반을 구겨 넣은 새장이 숲속으로
흐르고 고삐 풀린 허공이 구름으로 흐르네 고독은 흐를수
록 고목처럼 커져서 단단하게 흐르네 바위와 같아서 마음
으로 흐르고 깨지면서 흐르고 모래처럼 구르면서 흐르네
흐르는 것들은 우주의 이치에 닿아서 안개 같은 먼지가 암
흑 속으로 흐르고 별들이 어둠 속에서 빛으로 흐르네 별
빛이 눈빛 속으로 흐르고 눈빛이 별빛 속으로 흐르네 흐
르고 싶은 것들도 흐르고 흐르고 싶지 않은 것들도 흐르네
어디로 가는지 모르고 흐르고 어디로 가는지 알면서 흐르
네 세상에 없는 세상을 찾아서 흐르고 계절에 없는 계절을
찾아서 흐르네 새로운 계절 앞에서 풀벌레 울음이 흐르고
막배가 떠나듯 마지막 꽃잎이 흐르네 나도 저와 같이 흐르
고 당신도 흐르네

제2부

풍죽도

빈 공간 속

백년 묵은 검은 먹이 나선의 시간을 돌며 마음을 간다

마음 중심으로 서서히 배어 올라와 가득 퍼지는 묵향

죽순 끝에서 허공에 일직의 경을 새기듯

한 획 또 한 획
붓끝이 바람 소리를 친다

모든 수사를 버린
한 줄 곧은 문장을 얻기 위해 수없이 휘어졌던 날들

문장과 문장 사이의 공허

공허의 축적으로 쌓아올린 매듭은 나를 부정하며 나를
긍정하는 시간이다

스스로 죽향에 취하듯

먹선이 꿈틀거리면서 푸른 대와 푸른 잎이 바람을 타
는데

댓잎 서걱대는 소리에는
혁명의 깃발이 숨어 있고
일생에 딱 한 번 꽃을 피우고 죽는 우련한 노래가 잠들
어 있다

그 소리를 품다

계곡 정각에 앉아 여자가 소리를 켠다

한 겹 걷어올린 바람 끝이

가야금 줄을 퉁기자 은은한 노을빛 음파로 울려 퍼진다

소리꽃은 입체적인 언어, 감각으로 다가오는 무늬

그 선율 속에 작은 움막을 짓고 거하면 그 소리를 품을
수 있을까

소리를 품으면
목숨 같은 문장 한 줄 낳을 수 있을까

거품처럼 잔잔한
폭포처럼 격렬한

소리를 품으면
마음의 응어리 풀 수 있을까

붉은 노을처럼
소리가 내 안에서 내장을 찢고 꽃 한 송이 피우는 저녁

그 향에 취하다가 홀연,
나비처럼 무심으로 사라지는 세상의 소리들

달항아리 백자

오랜 시간의 비밀을 품고 있다

달빛 개켜 다지고 빚은 시간 안쪽에

불길 다비식을 끝낸 천년의 고요가 어둠으로 충만하다

빛을 내기 위해 어둠을 담은

마음 한 가운데 달이 떠 있다
길 위에 떠 있고
산 위에 떠 있다
우주 중심에 달이 떠 있다

달빛 가득한 텅 빈 공간
매화 몇 잎 낙화의 시간을 벗어 털고
흰 옷 입은 여자가 걸어 나와 대금 선율에 맞춰 춤을 춘다

바닥으로 가라앉다 꽃잎처럼 미세하게 흔들린다

수의를 두른 구름이 바람을 타고 떠오르는 정적

무한 시간이 무한 달빛을 담는다

그 여자의 우물

달꽃 같은 대숲 속
그 여자의 집 뒤꼍에 바닥을 알 수 없는 우물로 달이 숨
어들고

깊숙이 파묻혀 있던 물결이 수평을 허물고 출렁 치솟
아 오르면
여자는 우물을 맴돌고
꽃은 물속의 달을 삼키며 희뿌연 향을 토하곤 했었지

바람에 등 기댄 채
여자의 목마른 노래가 엷은 달빛 한 겹 두른 우물 속살
로 스며 공명하던 어느 밤에
불임의 감나무 밑에서 어두운 예감은 발목을 적시며 퍼
지고 있었어

꺾인 뱃길 아래

수심으로 가라앉은 시간들을 길어 올린 그리움 층층이 산언덕을 넘어갈 때
  그 너머 먼 길은 어떤 위로가 되었을까

  한평생 우물에 젖은 마음이 달을 쫓아 서쪽 산으로 기울어갔는지

  달이 여자의 우물에 몸을 감고 간 사이

  우물의 입술은 영영 닫히고

산 중턱 흰 돛배

그 여자는 먼 고향을 떠나 돛배를 탔다

해풍 부는 몇 개의 섬을 물고기처럼 돌며

싱싱한 은빛 비늘을 다 탕진한 후

육지 산 중턱에 닻을 내렸다

아주 가벼운 이름의 생을 운반하던 낡은 흔적들

바람의 돛을 방에 묻었다

토사 습기를 먹은 바람의 돛은 뿌리를 내렸다

그녀의 머리카락처럼 뿌리는 제멋대로 자라서 싹을 틔
웠다

무성한 소문처럼 방안 가득 그늘이 퍼져갔다

천장에 우울을 켜놓고

바람이 불 때마다 벽은 허물어져 갔다

대문을 나서는 법이 없는 독거의 집 굴뚝은 이따금

허공을 떠돌다 사라질 흰 연기만 기침처럼 뻐끔뻐끔 내
뱉었다

자기 이름을 버린 바람의 손을 기억하는지

물마루 끝에서 눈시울 붉은 바람이 불면
우두커니 혼자서 무언가를 중얼거렸다
눅눅한 빗줄기 비린내 풍기는 날
어둠을 산란하는 위태로운 방에는
늙은 여자 사공이 빈 배 우는 소리를 혼자 듣는다
점점 빗줄기가 거세지면
다시 어디론가 흘러가고 싶을지도 모를 흰 돛배는
오늘도 산 중턱에 흔들리며 정박해 있다

멍

별빛 몇 뿌리 검은 모래에 묻고 붉은 싹이 돋기를 기다리는 유년의 밤이었어 만월 흰 달이 무너진 돌담 위로 떠올라 안개처럼 가슴을 적시며 저수지를 유영하는 동안 대숲 달 그늘 밑에서 흐느끼는 여자의 소리가 있었지 숨죽이며 수척한 별들이 지상의 불빛을 갉아먹고 다시 게워내던 늦은 밤

파문처럼 파들파들 떨며 울음이 사라지고 있었는데

아침 햇살이 저수지 수면 위에서 젖은 목소리로 수군거리자 사람들이 모여들었어 소문은 왕버들 가지에 둥지를 틀고 한동안 귀를 세우며 머물러 있었지 수초처럼 무성하게 자라던 말들이 수면 아래로 잠길 무렵

그 집 마당 잡풀들을 물끄러미 보며 그때 난생 처음으로 생각해 본 게 있었어

시퍼렇고 먹먹하게 번져오는

사라지는 것에 대해

사라지고 없는 것에 대해

푸른 밤

늦은 저녁과 이른 새벽 사이 길가 풀잎과 풀벌레 곡성 사이 어디선가 꽃이 피고 어디선가 꽃이 지는 사이 아픈 나와 두 눈 꼭 감고 누운 깊은 잠 속 당신 사이 자꾸만 시간이 저물어 가네요 창밖 저 어둠 너머 어느 먼 골짜기 푸른빛들이 머물 고향은 있는지 청청 푸르렀을 시절 푸르름을 마지막 얼굴에 망연히 띄우듯 이 밤 당신의 낯빛이 점점 푸르러가네요

고대의 미이라처럼 견고하게 굳어져가는 시간 울음들이 쓸쓸하던 문장처럼 철철 쏟아지다 붉은 얼굴의 나와 이제는 푸른 밤을 닮은 당신의 소중했던 나날이 억장이 무너지는 슬픔이 언젠가 하루 또 하루 헛헛한 일상 속으로 흐르다 보면 물의 영혼처럼 기억 속으로 보일 듯 말 듯 멀리 희미해져가는 날도 오겠지요 그것이 삶이려니 하다가도 어느 애애한 날에 가끔은 다시 장대비로 환원되어 눈초리 주름을 주르르 적실 날도 오겠지요

아픈 나와
구름 꽃밭 속 먼 길 가는 당신
그 사이

출가

어둠이 저녁으로 스민다

나무에 매달린 계절이 떨어져 나간다

보잘 것 없음과 가진 것 없음이 생의 정수리 위에 단단
한 둥지를 틀고

새는 허공의 빈 가슴을 쓸어내린다

언덕에 꽂아두었던 생각은 뿌리를 내리고

스스로 깊어가는 어두운 뿌리에서 울음이 깨어날 때

저녁노을 어깨에 걸고

한 여자가 산속 좁은 길 걸어 낡은 산사로 간다

어디로 가야 하는지 모를 때가 있다

꽃

봄날이 오래된 멍을 붉히며 묻는다

세상 어디쯤 잘 지내고 있냐고

나무들의 사월

혼자 흔들리며

계절의 바람을 오래 견딘 나무들은

무성한 수사를 털어내고 줄기만 남긴다

고적한 눈빛으로 가닿은 시선 끝에는

허공의 푸른 심장이 하염없고

동토의 깊은 곳으로 뿌리는 망명을 떠난다

비장미의 극점까지

제 몸의 소리를 가둔 채

울음을 삼키고 산화하는 꽃들

사라지는 것의 무표정한 통증

짧은 생일수록

사라짐은 사라짐으로써 영원하다

깃발처럼 새순들이 일어서는 함성

나무들의 사월이 그렇게 오고 있다

사랑

짱짱한 얼음 호수에 햇살이 닿아 금 가는 일

물에 젖는 일

제3부

낮달

쇠꼴 한 짐 지게에 지고 노을 속에서 소걸음으로 걸어
나오신 아버지

일생 단 한 줄 종이 위에 써 본 적 없는 문장을 평생 밭에
서 몸으로 쓰신 어머니

아버지 걸음과 어머니 문장이 묏자리 보고 온 산 너머
먼 곳에 목울대에 걸린 마른 가시처럼 아득히 박혀 있습
니다

모정

어미소를 살처분 하기 위해 주사제를 주입하는 순간
새끼 송아지 어미소 곁에 와 젖 달라 보채기 시작했다
어미소 다리 부르르 떨며
쓰러지지 않고 끝까지 버티다
새끼 송아지 젖에서 입을 떼자 털썩 쓰러졌다

우주 모든 시간이 한동안 멈춰 있었다

설화산

차령산맥 뻗어가다 마을 앞에 산 하나 낳았네 겨울이면
눈꽃 아름다워 할아버지의 할아버지가 설화산이라 이름
지었네 땅에 논이 있고 밭과 하늘 사이 산이 이어주는 마
을 우리 할배 할매 농사일만 일로 알고 일만 하다 산에 묻
혀 덜 된 세상 보고 묻혀 봄만 되면 붉으스레 두견꽃을 피
우건만 아직은 살아서 할 일 많아 눈꽃 보고 있네 여기에
도 저기에도 시리도록 어둠 속에 빛나는데 또 눈이 오네
눈꽃 피네 눈으로도 꽃을 피워 겨울에도 꽃이 핌이 여적
우리 싸움 아니었나 우리 역사 아니었나

노을에게

마음아

마음아

더 지필 것을 찾았느냐

꽃잠

땅에 떨어지는

한 꽃잎이
다른 꽃잎 어깨에 손을 얹는다

같이 가자고

꽃잠 잘 수 있다며 먼 길 가는 그대에게

함께 가자고

숯

그는 숲을 지배하던 시절의 영광을 버린다
그는 제 몸을 지펴 더럽고 추한 것들을 태운다
그는 아프고 덧나던 상처를 지운다
그는 까맣게 낮아져 가장 가벼운 다공체로 부활한다

나는 나를 허물어 새 집을 짓기로 했어

꿈을 꾼다는 것도 산 자만의 축복인 것
모진 생명 툭, 끊기기 전까진 꿈을 꾸기로 했어

연둣빛 고운 신록의 그늘 아래
초롱한 눈동자 통통 뛰는 다람쥐도
쏴―아 쏴―아
파도 일 듯 잎의 가장자리서 너울거리는 바람도
싱그러운 햇살도

목향처럼 거할

내 집의 목수가 되는 꿈

마음의 핸들링

차를 몰고 길에 들어서면
깊은 몸 속 대뇌와 흉곽의 어느 한 곳에
뱀처럼 똬리를 틀고 있던 길에 대한 생각들이
백미러 속으로 자유롭게 풀어지다가 멀어지곤 한다

길은 생각의 시작이다

질주하는 도로 저 멀리
고개를 넘는 길 끝은 한 점이다
모였다가 다시 흩어지는 길들
있는 듯 없고 없는 듯 있는 먼 길을
혼자 가다보면
놓고 싶지 않은 길이 있을 뿐
길은 그 누구도 붙잡지 않는다

바람이 이정표 한 쪽 어깨를 밀치고 지나간다

잠시 흔들렸다가 다시 되돌아오는 일상처럼
화살표 눈이 응시하는 곳은 항상 동일하다

차간 거리는 사람과 사람 사이의 거리이다

흰 점선을 사선으로 넘어가
황색 차선으로 바짝 달라붙는다
선은 항상 차갑고 반듯하다
질서와 무질서 사이 보이지 않는
거대한 벽이 되는 황색 실선

유턴이 금지된 속도의 거리를 빠져 나와
이정표 없는 길로
신호등 없는 길로
차선 없는 길로
일상의 길을 벗어나

마음의 바퀴가 한적한 언덕을 지난다

길이 길을 만나 새로운 길로 간다
처음 가는 길을 간다

불나비

마음을 뜨겁게 달구던 시문처럼
어둠을 사르는 빛인 줄만 알았다

불면의 밤을 혼자 견뎌야 하는 지친 영혼에게
멀리 하늘에서 오는 환한 돋을볕을 가득히 뿜어내는
투명한 창인 줄만 알았다

소통의 언어를 폐쇄시킨
열리지 않는 환영의 문인 줄은 모르고

허공을 밀어 더 높은 공중의 빛을 찾아가는 일념

그것이 사는 동안 자신을 올무처럼 옭아맬지라도
가지 않고는 못 배기는 길을 가고 있다

산책로 길섶 가로등 아래로

밤을 개키면서 낙하하는
부나비의 까만 눈망울들

그 속에 머물던 것은 무엇이었을까
죽음의 찰나에 목도한 것은 무엇이었을까

투우

구경꾼들 눈빛
붉은 햇살에 부딪쳐 살기가 번쩍인다

캄캄한 우리에 가둬 놓고 굶긴
야생소 밝은 빛 붉은 망토에 흥분하고
투우사 황소 급소에 창과 검을 연거푸 내리꽂자
유혈의 굴레에서 핏줄기 솟구치는 죽음을
폭죽처럼 열렬히 환호하는 군상들의 갈채
저 붉은 광경의 붉은 기록들

초목 우거진 산림 뚫고 걸으며
어린 짐승들 숲길 내주고
평원과 맞닿은 노을 속으로 내달리다
한가로이 초원을 뜯어 먹던 기억이
맨땅 아래 고꾸라져 주저앉는 슬픔이란
값싼 지폐 몇 장만도 못한 것인가

창끝마다 숨통 끊기기 직전
울먹한 눈빛들 붉은 선혈로 맺혀

대륙풍이 이국에서 본토까지
핏물 비린내를 운구하는 동안
핏발이 선 살의의 눈빛들
사위 도처에 소리 없이 숨어 있다

제4부

평화 3

저녁놀 깃든 산마을

어미소가 까만 눈망울을 슴벅이며 품을 파고드는 새끼
송아지 목덜미를 연신 핥아주고 있다

아이 하나

풀피리 소리 은은한

평화 4

산사 범종 소리가 산의 무게로 울려 퍼진다

흐드러진 벚꽃이 하드르르 날리는 강가

나룻배 한 잎 사공 없이 떠 있고

백로 한 마리 흐르는 시간을 쪼고 있다

평화 5

꽃잠에서 막 깬 제비꽃이 가랑잎 이불 밀치고 기지개 켜는데

놀랄까봐 다람쥐 깨금발로 걷고 있다

오백 살 먹은 나무가 팔을 벌려 봄 햇살 비춰 주는 지구의 한 모퉁이

평화 6

육지의 길이 끝나는 서쪽에 가면 노을이 숨어 있는 작은
마을이 있고 배 몇 척 뻘밭에 누워 있다

소쿠리째 쏟아지는 별빛으로 포구가 켜지는 밤에

삼줄에 매인 생각을 풀고 한적히 달빛을 쬐고 있다

평화 7

비무장지대

총탄 구멍 숭숭 뚫린 녹슨 철모
깨진 틈 사이

들꽃
살포시 고개 쳐든다

평화 8

절벽 위
암자 옆
노송 한 그루

낮게 가부좌 틀고
바위틈에 몸을 고정하고 있다

마른 몸뚱이로
정신 하나 오롯하다

평화 9

마음의 잔돌 몇 개 돌탑 시간 속에 묻어두고

살 닿지 않으면 잠 못 들던 시절을 그리워하는지

오늘 하루도 황혼의 무늬로 저물어 가는지

어느 노부부 서로 손 꼭 잡고

은행잎이 기억의 조각처럼 뿌려진 노란 둘레길을 걷고
있다

평화 10

오던 길 부려놓고

외길목 둑방에서 호수에 머리 담그며 생각을 씻어내는
버드나무

그늘 아래 낚싯대가 낮잠을 즐기고 있다

인생의 물음표 수면 아래 내려놓고

고추잠자리 무심하게 허공을 입질하는 초가을 오후에

평화 11

　직립의 자세로 한 나무와 또 한 나무가 서로 목을 끌어
안고 입을 맞추며 몸을 밀착하고 있다

　그 앞을 지나가던 스님이 합장하고 있다

　저녁 낮달과 낙일이 눈을 마주보며 몸을 섞을 때였다

평화 12

대낮에 마음에 꽂힌 햇살의 촉을 쓸어 담아

밤중에 휘어진 나무 사위에 걸어 하늘에 쏘았더니

캄캄한 하늘에 박힌 마음이 반짝이기 시작했다

평화 13

자작나무 그늘 몇 평 분양 받아
그 속에 깃든 날 밤
산을 안고 누워 잠이 들었다
산과의 동침이 시작되었다
태기가 슬어
안식을 낳고
고요를 낳는
산과의 사랑이 시작되었다

평화 14

구유의 어둔 곳으로 말씀의 몸이 오셨다

낮아져 더 낮아져

내려놓음으로 더 내려놓음으로

몸의 말씀이 불빛처럼 암흑 속에서 빛났다

말씀이 몸이 되고

몸이 말씀이 되어

허공으로의 순례

우대식(시인)

　인연이었을까? 근동에 사반세기를 함께 살아오면서도 모르고 지내던 시인이 찾아와 시집 초고를 내밀며 발문을 청하고 또 선뜻 그러마 약속을 하고 술집을 찾아들어가 대취하였던 일이 바로 근래였다. 술을 마시며 사람을 가늠하는 나쁜 버릇이 내게 있다. 그것은 지위고하나 유명 무명 따질 것 없이 일관되게 내가 인연을 이어가는 방법이다. 가히 폭염 속에서 누옥으로 들자 할 수도 없어 함께 온 김해규 선생과 함께 목련나무 아래서 근황을 묻고 이러저러한 이야기를 나누며 신탁균 시인에 대해 인금 나름을 해보았다. 시집 초고 몇 편을 읽고 시인의 이야기를 들으며 단박에 나와 유사한 사람이라는 것을 짐작하였다. 물론 삶의 태도나 방식 같은 것은 잘 모르겠고, 시적 경향이나 정서적인 면에서의 상당한 동질성이 오관을 통해 느껴졌던 것이다. 그러니 어찌 술집을 찾아가지 않을 수 있었겠는가? 끝까지 물어보지 않았지만 그가 발문을 청하러 어려운 걸음을 한 이유도 내 느낌과 별

다르지 않았을 것이라고 생각한다. 다만 늘 그래왔듯이 세간의 평론과 같은 글이라면 쓸 수 없고 시적 에스프리 정도를 쓰겠다고 다짐한 후에 전쟁과 같은 술자리를 가졌다. 술이 몇 순배 도니 조용하게 감추어져 있던 시인의 도도한 시검(詩劍)이 빛을 발하기 시작하였고 자리가 파할 무렵 무수한 시인들과 시를 나락으로 떨구었다.

신탁균 시인의 시를 읽으며 떠오른 것은 '상상할 수 있는 세계지도는 꿈속에서밖에는 그릴 수 없다'는 바슐라르의 말이었다. 바슐라르가 말하는 상상력이란 현실의 이미지를 형성하는 능력이 아니고, 현실을 넘어서 현실을 노래하는 이미지를 형성하는 능력이다. 즉 그것은 초인간성의 능력이다. 신탁균 시인의 시들은 바로 현실을 넘어서 현실을 노래하려는 욕망들로 득실거린다. 그의 시는 현실에 그 뿌리를 잇대고 있지만 사이와 경계 그리고 잔상의 세계를 더듬고 있다. 그가 주력을 두고 탐색하는 세계는 여기 너머의 세계이다. 그가 첫 시집에서 현실의 풍경을 담백하게 그려냄으로써 리얼리즘 계열의 서정을 구현했다면, 이번 시집은 그것을 한 축으로 하면서 현실로 표면화되어 있지 않은 마음의 행방을 집요하게 추적하고 있다. 그 마음이야말로 그에게는 적나라한 현실인 셈이다. 더 정확히 말한다면 현실 너머의 현실, 그러니 이 글은 그의 마음의 행방에 동행해 볼 밖에 다른 도리가 없다.

시가 하나의 결핍의 소산이라는 것은 시집의 첫 장 「시인의 말」에 명백히 밝혀져 있다. 어쩌면 이 글이야말로 이 시집 전체를 관통하는 신탁균 시인의 본바탕이 아닌가 생각해본다.

침묵 속 나를 깨우고

시여

떠나는 사람들

사라지는 것들

꿈꾸는 자의 웅얼거림마저도

살피면서 흘러라

— 「시인의 말」 전문

그가 생각하는 시란 자신의 침묵을 깨우고 떠나고 사라지는 것들을 다시 살려 드러내는 것이다. 각별히 눈에 띈 구절은 마지막 한 구절 '살피면서 흘러라'였다. 저 지고지순한 순정은 악바리 같은 이기적 사회에서 시의 길이 무엇인지 암시하고 있다. 사라지는 하찮은 것들에 대한 지극한 마음이 바로 '살피다'는 말에 응축되어 있다. 그의 시가 위태롭게 보인 이유도 여기에 있다. 저 지고지순은 언제나 패배할 터이고 그 패배에 절망할 그를 생각하면 조금은 쓸쓸하다. 그러나 '할 테면 해보라'는 충청도 사내의 묘한 결기 속에서 문학적 근기를 느꼈던 것도 사실이다. 그러한 근기는 행간에 숨겨져 있어 선명히 드러나지는 않지만 시 문맥 곳곳에 자리하고 있다. "동풍 불면 나비 날개에 새겨진 꽃밭의 지도를 보고 너에게로 간다"(「잔상」 부분)에서와 같은 구절은 유미적 심상을 넘어 치열한 인식의 소산에서 비롯된 측면이 크다. "너" 혹은 "당신"으로 형상된 지향점을 향한 순도 높은 집중은 시인의 의식을 견인하는 동시에 자신의 의지를 강화시키는 요인으로 작동한다. "나비 날개에 새겨진 꽃밭의 지도"가 신탁균 시인이 가슴 깊이 간직한 시적 행로의 방향타라는 사실은 아름답고도 슬픈 일이다. "간다"는 자기 명령은 하나의 내면적 도덕률처럼 온전히 그의 의식에 배어 있다. 그는 패배의 운명을 감수하고 끝까지 이 길을 갈 것이다.

사람이 살지 않는 마을 쪽으로 너는 떠나고

혼자 견딘다는 것은

몸 바깥으로 떠돌던 말들이 이제는 몸 안쪽으로 고여 늑골처럼
생을 받치고 서 있다는 것

　　허공을 걸어 마음에 당도하기까지

—「허공」 부분

　　몸 바깥으로 떠돌던 말들이 몸 안쪽으로 고인다는 것은 한 세
계를 끝없이 내면화 한 결과이다. 이것은 "혼자 견딘다는 것"의
결과이기도 하지만 혼자 견디게 하는 원동력이기도 하다. 문면
에 드러나 있지 않지만 이것은 완벽히 자기 시론의 메타포라고
볼 수 있다. 이 시적 고백은 "허공을 걸어 마음에 당도"하려는 치
열한 싸움을 여지없이 보여준다. 그는 마음에 당도하기 위해 허
공을 걷는 자이다. 그러니 그의 시에 추상과 추상, 추상과 구상의
혼용과 갈등이 도처에 널려 있을 수밖에 없다. 첫 번째 시집과의
차이는 여기에 있다. 그 싸움을 마다하지 않는 것, 오히려 추상
이 구상에게 은근히 시비를 걸어보는 것, 허공을 슬쩍 디뎌 보는
것, 여기가 마음이냐고 문을 두드려 보는 것.
　　신탁균 시인이 구사하고 있는 시어에서도 일정한 지향을 볼
수 있었다. 북쪽과 서쪽으로의 지향은 근원적으로 소멸과 깊은
관련을 맺고 있다. 북쪽은 "새의 영혼을 운구하는 바람"(「바람의
울음」 부분)이 불어오는 곳이며, 서쪽은 "태양이 서쪽의 무덤으

로 떨어지며 영혼을 피워 올"(「노을 주막」 부분)리는 곳이다. 북쪽과 서쪽으로의 지향은 어쩌면 사라지는 것들을 통하여 사물이나 인간 혹은 생명의 본질을 찾을 수 있다고 믿기 때문인지도 모른다. "세상을 풍미하던 한때의 생이 그토록 빛났으니 / 죽음이란 원래 내 것이 아니었던 빛을 몸 밖에 내놓는 일"(「가을 음각」 부분)이라는 죽음에 대한 단상은 반본환원(返本還源)의 깊은 뜻을 지니고 있다. 죽음이야말로 본질에 가장 가까운 방식으로의 체현이라는 고백은 그의 시선이 왜 더 먼 곳을 바라보고 있는가 하는 물음에 답을 줄 수 있다. 더 나아가 그의 삶을 규율하는 방식이 무엇인가 하는 것도 가늠해 볼 수 있게 한다. 그가 지닌 소박함과 단호함도 빛을 빚지지 않기 위한 데서 연유하는 것이라 짐작해보는 것이다. 유랑과 바람은 등가의 이미지로 구사되고 있다. "나는 유객처럼 서성거"린다(「허공」 부분)는 고백은 "바람이 남긴 문장을 읽는다"(「가을 음각」 부분)는 시구와 거의 같은 의미를 지닌다. 그가 유랑을 자처하는 것은 바람의 살결과 뼈를 만져보고 싶다는 욕망을 보여주는 것이다. 그것은 바람이 거쳐 온 여정과 정처 없을 앞으로의 여정에 대한 탐구이다. 그는 보이지 않는 것을 보고 싶어 하는 자이다. "바람이 되지 못하고 바람처럼 흔들리다가 죽어서야 비로소 일생에 딱 한 번 바람이 되어 / 어디론가 떠나가는 이들"(「적소를 찾아서」 부분)은 "바람으로부터 유랑의 유전자를 물려받은 사람들"(「적소를 찾아서」 부분)과 같은 바람의 종족이다. 현실 밖의 현실을 추구하는 낭만주의자 신탁균 시인에게 바람은 자유의 표상이며 서사의 근원이다. 그의 시어로 말하자면 바람 속에는 문장이 있고 전언이 있다. 이 보이지 않는 메시지를 읽어내는 자가 시인이며 바람의 음각을 더듬는 일이 시인이 짊어진 필생의 업이라는 사실을 그는 엄중하게 받아들이고 있다. 더러 그의 시가 비극성을 띠는 이유도 그 엄중함의 책무성에서 비롯된다. 그 엄중함을 양파처럼 다 까고 나면 유일하게 남아 있을 순정이 바로 그것이다.

그의 시 가운데 눈여겨 본 한 시풍은 소위 이야기시라고 부를 만한 경향이었다. 이야기란 관계에서 비롯한다. 파편화된 오늘날의 삶을 반영하듯 우리 현대시가 최근 추구해온 세계는 소위 신비평의 '잘 빚은 항아리'와는 거리가 먼 퍼즐로 구성된 경우가 많다. 지나친 환상성의 추구가 낳은 폐해는 시인도 자신의 작품을 설명할 수 없게 만든다는 것이다. 하물며 서사성을 추구한다는 것이 구태의 표본과 같은 것으로 치부하기 일쑤인 오늘날의 문학판 한구석에서 조용조용 이야기하는 시인이 있다는 것은 잔잔한 감동 그것이었다. 「그 여자의 우물」과 「산 중턱 흰 돛배」는 각기 다른 이야기를 담고 있지만 불우한 여성상이 한 맥락을 이루고 있다.

별빛 몇 뿌리 검은 모래에 묻고 붉은 싹이 돋기를 기다리는 유년의 밤이었어 만월 흰 달이 무너진 돌담 위로 떠올라 안개처럼 가슴을 적시며 저수지를 유영하는 동안 대숲 달 그늘 밑에서 흐느끼는 여자의 소리가 있었지 숨죽이며 수척한 별들이 지상의 불빛을 갉아먹고 다시 게워내던 늦은 밤

파문처럼 파들파들 떨며 울음이 사라지고 있었는데

아침 햇살이 저수지 수면 위에서 젖은 목소리로 수군거리자 사람들이 모여들었어 소문은 왕버들 가지에 둥지를 틀고 한동안 귀를 세우며 머물러 있었지 수초처럼 무성하게 자라던 말들이 수면 아래로 잠길 무렵

그 집 마당 잡풀들을 물끄러미 보며 그때 난생 처음으로 생각해 본 게 있었어

시퍼렇고 먹먹하게 번져오는

사라지는 것에 대해

사라지고 없는 것에 대해

— 「멍」 전문

이용악의 「낡은 집」을 떠올리게 하는 이 시는 유년의 기억을 풀어놓고 있다. "대숲 달 그늘 밑에서 흐느끼는 여자"의 죽음에 대한 내력은 소문이 되어 마을 사람들 입에서 입으로 떠돌면서 "수초처럼 무성하게 자라"지만 시간이 지나면서 다 잊힌다. "그 집 앞 마당의 잡풀들을" 관찰하는 유년시절 시적화자의 시선이 유일하게 그녀의 죽음을 기억할 뿐이다. 이용악의 시처럼 구체적 역사성을 배경으로 하지 않지만 사람살이의 지난함이 저수지와 대숲 그리고 폐가를 매개로 그려져 있다. 시인은 그 상처를 멍이라고 표현한다. 멍이 없는 삶이 존재할 수 없겠지만 한 여인의 죽음과 잡풀들이 자라는 폐가는 전날 이 땅의 불우한 여인상을 구현하고 있다. 여기에서 시인은 자신의 일관된 물음이자 사유를 다시 한번 제기한다. "사라지는 것에 대해 / 사라지고 없는 것에 대해" 살뜰히 살피는 순정을 확인하게 된다. 이 연민이야말로 비극적 세계를 살아가게 하는 공동체의 한 원형 심상이라는 것을 새삼 말할 필요가 없다.

한편으로 백석의 「여승」을 떠올리게 하는 시 「출가」는 시인 자신의 심리가 반영되어 있다.

어둠이 저녁으로 스민다

나무에 매달린 계절이 떨어져 나간다

보잘 것 없음과 가진 것 없음이 생의 정수리 위에 단단한 둥
지를 틀고

새는 허공의 빈 가슴을 쓸어내린다

언덕에 꽂아두었던 생각은 뿌리를 내리고

스스로 깊어가는 어두운 뿌리에서 울음이 깨어날 때

저녁노을 어깨에 걸고

한 여자가 산속 좁은 길 걸어 낡은 산사로 간다

어디로 가야 하는지 모를 때가 있다

ㅡ「출가」전문

저녁노을을 받으며 산사로 가는 여자가 스님인지 혹은 스님
이 되려는 여인인지 알 길은 없다. 다만 앞의 시행을 통해 상황
을 판단해 볼 수 있다. "나무에 매달린 계절이 떨어져" 나갔다는
상실감과 "보잘 것 없음과 가진 것 없음이 생의 정수리 위에 단

단한 둥지를" 틀었다는 변방의식이 그것이다. 이것은 앞에 말한
바대로 시인의 시선과 관련이 깊다. 이미 이루어진 것 또는 풍요
로운 것에 대해 신탁균 시인은 말하지 않는다. 다시 말하면 그것
은 생의 빛일 뿐이다. 이 시의 절창은 시선이 하방(下方)으로 향
하는 데 있다. 마지막 구절 "어디로 가야 하는지 모를 때가 있다"
는 자기 고백은 시적 화자와 대상 모두를 관통하는 보편성을 획
득하고 있다. 어쩌면 어디로 가야 하는가에 대한 탐구가 시의 다
른 이름이 아니겠는가? 이 존재성의 물음에 대한 정직한 답이 아
래의 시에 있다.

혼자 흔들리며

계절의 바람을 오래 견딘 나무들은

무성한 수사를 털어내고 줄기만 남긴다

고적한 눈빛으로 가닿은 시선 끝에는

허공의 푸른 심장이 하염없고

동토의 깊은 곳으로 뿌리는 망명을 떠난다

비장미의 극점까지

제 몸의 소리를 가둔 채

울음을 삼키고 산화하는 꽃들

사라지는 것의 무표정한 통증

짧은 생일수록

사라짐은 사라짐으로써 영원하다

깃발처럼 새순들이 일어서는 함성

나무들의 사월이 그렇게 오고 있다
　　　　　　　　　　　　－「나무들의 사월」 전문

　나무의 다양한 형상이 있을 터이지만 그가 주목하는 나무의 형상은 "무성한 수사를 털어내고 줄기만 남"은 모습이다. 이 수도승 같은 나무의 형상에서 죽음과 또 다른 생명이 만난다. 나무 가지가

향하는 "허공"은 근본적으로 시인이 지향하는 세계를 다시 한번 명백히 보여준다. "허공"은 "푸른 심장"이라는 은유 속에서 왜 그가 허공을 향해 그토록 발을 내딛고 싶어 하는지에 대한 답이 있다. "허공"에 새겨진 "푸른 심장"을 향한 나무 가지의 행로는 "세상에 없는 계절"(「잔상」 부분)을 향한 시적 화자의 지향 그것과 궤를 같이 한다. 그 비장함은 "사라짐은 사라짐으로써 영원하다"는 잠언적 발언을 가능케 하고 현실 너머의 현실로 시선을 던지게 한다.

한편 몇 편의 짧은 형식의 시편들은 매우 가편들이다. 생명을 향한 연민은 그의 시에 가장 큰 바탕을 이룬다 해도 틀린 말은 아닐 터이다. 사라짐의 미학이 다시 돌아와 선 자리도 위태로운 생명에 그 시선을 맞추는 곳이다.

어미소를 살처분 하기 위해 주사제를 주입하는 순간
새끼 송아지 어미소 곁에 와 젖 달라 보채기 시작했다
어미소 다리 부르르 떨며
쓰러지지 않고 끝까지 버티다
새끼 송아지 젖에서 입을 떼자 털썩 쓰러졌다

우주 모든 시간이 한동안 멈춰 있었다

—「모정」 전문

모정이라는 절대 세계는 현실 너머의 현실로 가기 위한 젖줄과도 같은 것이다. 나무가 뿌리를 대지에 박고 허공을 여행하듯 그는 모정과 같이 몇 안 되는 신뢰할만한 세계에 의탁한 채 보이지 않는 세계를 탐구하는 것이다. 어머니의 부재는 우주의 소멸과 같은 것이고 남은 생명을 위태롭게 한다. 따뜻한 시인의 시선이 머무는 위태로운 생명에 대한 연민은 세상은 과연 살만한 곳인가 스스로에게 묻고 있는 것이다. 이 짧은 절창들은 시적 정서의 볼륨을 한껏 올려놓는다.

마음아

마음아

더 지필 것을 찾았느냐

—「노을에게」 전문

노을은 그대로 시인의 비유체로서 내면의 강렬한 열망을 드러낸다. 저 붉은 마음으로의 지향은 소멸을 운명으로 수용하면서도 치열한 고투의 현장으로서의 현실을 마다하지 않는다는 것을 보여준다. "더 지필 것"이 있다면 태우고야 말겠다는 의지는 고스란히 그의 시적 행방과 연결되는 측면이 크다. 시를 향한 그의 내면은 어느 한 곳 부풀어 오르지 않은 곳이 없다. 이 충혈된 정신과 육체는 핏발이 서 있고 건드리면 터져나오는 형국을 하고 있다. 그것을 억누르며 허공을 디디는 아슬아슬한 줄타기가 그에게 시의 다른 이름이기도 하다. 이 자발적 위태로움은 시를 향한 그의 또 다른 순정이다. "허공을 밀어 더 높은 공중의 빛을 찾아가는 일념"(「불나비」 부분)의 불나비는 그가 보여주는 자발적 위태로움의 극치로서의 상징물이라고 할 수 있다.

「평화」 연작 시리즈는 첫 시집의 연작을 이어가는 작품들이다. 이 시편들은 마치 하이쿠를 연상시키는 작품들이다. 예를 들어 「평화 10」의 마지막 구절 "고추잠자리 무심하게 허공을 입질하는 초가을 오후에"와 같은 시구는 그대로 하이쿠의 결구로 보아도 무방하겠다 싶은 작품이었다. "오백 살 먹은 나무가 팔을 벌려 봄 햇살 비춰 주는 지구의 한 모퉁이"(「평화 5」 부분)와 같은 마지막 시구를 읽으면서도 같은 생각을 하였다. 이러한 시편을 보며 그의 시적 스펙트럼이 매우 다양한 형상을 하고 있음을 새삼 느낄 수 있었다. 다른 말로 하면 그는 아직 길 위의 시인이라는 뜻이다. 한 걸음 더 나가면 외로움이라는 뿔로 아직도 세계를 들이받고 있다는 말이다. 4부로 구성된 이 시집이 각각 뚜렷한 변별을 보여주는 이유도 여기에 있다. 내용은 물론 형식에 있어서도 고심한 흔적이 역력하다는 점에서 그가 더 먼 곳으로 여행을 떠날 것이라는 사실은 자명해 보인다. 그것은 물론 시로의 여행일 터이다. 더러 그의 시에 보이는 아름답고도 슬픈 시편들은 마음에 그대로 착상되어 심장 아래쪽으로 물길을 만든다. 그것은 강물의 길이며 더러 눈물의 길이기도 하다. 그의 시처럼 우리는 서로가 서로를 순례하는 중이다. 이 순례의 길에서 모든 것은 시간의 재로 날릴 터이지만 빛나는 한 편의 시를 향한 집념 혹 집착이라고 해도 무방할 생각의 응어리들은 쉬지 않고 흘러갈 것이다. 이 시집의 가장 아름다운 시 한 편을 읽다보면 두서없는 필자의 이야기에 그럭저럭 동의할 줄 믿는다.

한 세계에 가둘 수 없는 노정

일몰이 마지막 떨리는 입술을 마는 해거름에

저녁이 나를 이끌고 강으로 간다

가을을 벗은 나무는 제 그늘 거둬 어스름 속으로 가는데

계절의 문을 열고 노을 쪽으로 몸을 굽히는 갈대의

떠나가는 것에 대한 예의

저녁 강물이란

얇게 펼친 두루마리 위에 흘림체로 써내려간 낙일의 후일담 같아서

낮과 밤의 경계에 피는 노을꽃이 시간의 먼지를 씻고 흐른다

가라앉는 무거움은 흐르지 못하고

계절을 벗고 나무의 생을 기록한 가랑잎이 흐른다

새들이 바람을 접어 밤을 청하는

강변에서

세월을 잠근 자물통을 열고 오래된 연서를 꺼내 태우던 어느 날의 저녁이

시간의 재로 날리고 있다

시간이 이렇게 가벼울 수도 있다니

시간이 뭉친 무게를 견디지 못해

가장 높은 곳에서 가장 낮은 곳으로 이주가 시작되는 물방울

내가 저녁 강물을 서성이고 저녁 바람이 나를 서성이는 동안

서로가 서로를 순례하는 동안

　　　　　　　　　　　　 －「저녁 강을 서성이다」 전문